Ozone

© 2021 Toi, Moi, Nous, Eux

Édition : BoD – Books on Demand,
12/14 rond-point des Champs-Élysées, 75008 Paris
Impression : BoD - Books on Demand,
Norderstedt, Allemagne

ISBN : 978-2-3223-7815-9
Dépôt légal : Juillet 2021

La planète Terre est à ce jour la seule oasis de vie que nous connaissons au sein d'un immense désert sidéral. En prendre soin, respecter son intégrité physique et biologique, tirer parti de ses ressources avec modération, y instaurer la paix et la solidarité entre les humains, dans le respect de toute forme de vie, est le projet le plus réaliste, le plus magnifique qui soit.

(Pierre Rabhi)

ACTE 1

Scène 1

Il vaut mieux obéir aux lois qu'aux hommes.

(Socrate)

MOI

Où suis-je ? Qui êtes ... ?

MARINE LE PEN

Sécurité *(en pressant un bouton sur son bureau)*

MOI

(terrifié) Non ne tirez pas ! Honch ! Lâchez-moi. Je ne sais pas ce que je fais là. Je ne suis pas armé. Lâchez-moiii !

MARINE LE PEN

Monsieur qui êtes-vous ? Que faites-vous là ? *(aux molosses présents)* Il est apparu comme ça devant moi. Je regardais devant mon bureau, et il est apparu.

MOI

(inquiet) Je suis à l'Elysée ? ... Dans le bureau du Président ?

MARINE LE PEN

... Monsieur, que faites-vous là ? Qui êtes-vous ?

MOI

... Que, que faites-vous là ?

MARINE LE PEN

Bon : embarquez-le et foutez-le dehors.

MOI

Aïïïïïie ! Non : arrêtez, je ne sais pas ce que je fais là. Je ne comprends pas … Vous êtes la Présidente ? … Oui manifestement.

MARINE LE PEN

Vous sortez d'où vous ?

MOI

(soudain illuminé) On est en quelle année ?

MARINE LE PEN

Embarquez-le.

MOI

Nooon ! Madame, je suis apparu devant vous de manière surnaturelle ! *(perplexe)* Cherchez à comprendre.

MARINE LE PEN

Non pas besoin.

MOI

Ah oui c'est plus simple. *(après quelques secondes de réflexion)* On est … après 2022 ?

MARINE LE PEN

(aux gorilles) Attendez. *(à MOI)* Qu'est-ce que vous dites ? On est en 2023. Le 25 mars 2023 … Vous venez d'où ?

MOI

(éberlué) De 2021 … le 25 mars 2021.

MARINE LE PEN

(agacée) Quoi !? … Combien de % j'ai fait en 2022 ?

MOI

Hein ? J'en sais rien : je viens de 2021. J'étais sur mon balcon, je cherchais des pages sur *OneHealth* sur mon téléphone … Enfin bref : je ne sais pas comment je suis arrivé là.

MARINE LE PEN

Je m'en fous. Dégagez. Embarquez-le.

MOI

Attendez : dites-moi juste, s'il vous plait, l'élément clé qui vous a fait gagner la Présidentielle selon vous.

MARINE LE PEN

Les bras cassés qui dirigent la France et l'Europe depuis des décennies, non ?

MOI

(…) si c'était ça, vous auriez pu gagner déjà en 2017, contre le premier de la classe.

MARINE LE PEN

Oh vous me fatiguez vous ... Eh bien je ne sais pas ... sans doute le redoutable « Variant Eta *(souriant)* Malien », qui a mis une punchline de rêve dans l'actualité ? L'échec de la campagne de vaccination, et le rejet des nouvelles mesures gouvernementales devant ce nouveau variant Eta à l'hiver 2021 ... avec les conséquences que l'on sait ?

MOI

... tout s'est donc bien sûr joué sur le Covid ...

MARINE LE PEN

Et l'immigration.

MOI

(...) Il y a finalement eu un candidat de sociale écologie ?

MARINE LE PEN

Pfffff. Monsieur : les bisounours, c'est un dessin animé. Dans le vrai monde, les bisounours ont un ego. Et donc ils ne se choisissent pas de leader.

Bon allez dehors : embarquez-le.

MOI

En effet la discussion perd tout intérêt quand on ne cherche pas à comprendre l'inconnu. *(sincèrement intrigué)* Privée de ces apprentissages, comment vous faites pour ne pas vous ennuyer ?

Scène 2

Le Maître dit : « Zigong, crois-tu que je sois quelqu'un qui étudie une masse de choses et qui les retient par cœur ? »
L'autre répondit : « En effet. N'en est-il pas ainsi ? – Nullement. J'ai un seul fil pour enfiler le tout. »

(Confucius)

MOI

Où suis-je !?

LEONARD DE VINCI

…

MOI

De ce que je vois, tout est artisanal ici. On n'est pas au XXeme siècle ?

LEONARD DE VINCI

…

MOI

Bonjour Monsieur. Excusez-moi : vous devez être encore plus intrigué que moi.

LEONARD DE VINCI

…

MOI

(regardant autour de lui, stupéfait par cet intérieur riche d'objets et de carnets de notes, mais où rien n'est « manufacturé », rien ne sort d'une usine)
En quelle année sommes-nous ?

LEONARD DE VINCI

(incrédule) 1518

MOI

(décontenancé) Qu'est-ce que je fous là … ?

LEONARD DE VINCI

Monsieur, quel est cet accoutrement et ce langage ?

MOI

(se laissant quelques secondes de réflexions) Je vais vous répondre, mais il me faut d'abord comprendre à qui je m'adresse … ce que je peux vous dire et comment vous le dire.

LEONARD DE VINCI

(devenant intéressé) Je comprends : il est toujours préférable de vérifier comment on sera compris avant de s'exprimer.

MOI

Je suis heureux de vous l'entendre dire.

LEONARD DE VINCI

(devenant intéressé) « Heureux » ? … Mon nom est Leonardo di ser Piero da Vinci. Et vous qui êtes-vous ?

MOI

Léonard de Vinci !!?

LEONARD DE VINCI

(perplexe et interrogateur) ...

MOI

Vous êtes assurément un homme brillant, un des plus grands intellectuels de tous les temps. Un « polymathe » comme on dit.

LEONARD DE VINCI

(perplexe et interrogateur) Qui êtes-vous ? D'où venez-vous ?

MOI

Mon nom est sans importance, je suis un anonyme. Mais je viens de l'an 2021. J'étais au petit matin chez moi, un dimanche matin. Ma femme et mes enfants dormaient, je m'étais levé pour ouvrir cette page Word. J'écoutais de la musique ... et tout à coup je me suis retrouvé là devant vous.

LEONARD DE VINCI

(toujours incrédule et dubitatif) 2021 ? ... Cela expliquerait votre accoutrement et votre langage et votre comportement si étranges. Heureusement l'auteur – pour rendre possible cette conversation – me fait m'exprimer comme si je venais du XXIeme siècle, mais vos mots et votre manière de penser sont totalement irréels et incompréhensibles pour moi.

MOI

Oui j'imagine. 1518 vous disiez ... Donc La Révolution Française, la Révolution industrielle, la découverte des bactéries, la pensée cartésienne, l'athéisme, le rock! ... Tout cela ne vous dit rien.

LEONARD DE VINCI

En effet. « Bactéries » ? Qu'est-ce que c'est ?

MOI

Monsieur, pardonnez-moi, mais vous n'imaginez pas comment la connaissance a progressé pendant ces cinq siècles. Si je devais vous expliquer tout ce qu'on sait en 2021 que vous ignoriez en 1518, nous en aurions pour 30 ans !

LEONARD DE VINCI

Oh j'ai 66 ans. Effectivement cela serait difficile *(...)* En même temps il y encore tant de choses que j'aimerais apprendre et comprendre ... Mais laissons pour l'instant de côté la curiosité : comment et surtout pourquoi êtes-vous arrivé là ?

MOI

« Comment » je n'en sais rien. Autant les connaissances ont incroyablement progressé en 5 siècles, autant les voyages dans le temps sont toujours impossibles. Donc je ne sais pas : cela restera un mystère. Pour le « pourquoi » ... je ne sais pas non plus. Peut-être parce que vous êtes une personnalité historique qui me fascine depuis toujours. A mon époque, on vous connait surtout en tant que peintre, mais quand on s'intéresse un peu plus à vous, on comprend que vous avez aussi apporté à l'humanité en tant que scientifique, anatomiste, sculpteur, inventeur, urbaniste, biologiste, poète, philosophe ...

LEONARD DE VINCI

(subjugué) On connait mon nom à votre époque ? Mes travaux sont restés !?

MOI

Votre nom est connu en tant que peintre d'un des plus célèbres tableaux du monde, *La Joconde*, que des millions de personnes viennent admirer ou analyser tous les ans.

LEONARD DE VINCI

Millions ! Vous dites n'importe quoi. *(pensif)* Lisa Gherardini del Giocondo …

MOI

Oui millions, c'est la vérité. Cela illustre comme le monde a évolué en 5 siècles. Pour vous donner une idée, en 2021 nous sommes près de 8 milliards sur Terre … D'ailleurs 1518 … Christophe Colomb a découvert l'Amérique il y a à peine 26 ans, en osant lancer une expédition vers l'Inde en faisant le tour de la Terre qu'il a supposée ronde !

LEONARD DE VINCI

(stupéfait) Milliards ? C'est quoi ? Des milliers de millions ? Pourquoi utilisez-vous des chiffres si démesurés ? Et Lamiric ? Qu'est-ce que c'est ? Et donc finalement la Terre est effectivement ronde ?

MOI

… Je ne vais pas pouvoir tout vous expliquer Monsieur, j'en suis désolé. Je vous dirai juste que oui la Terre est bien une gigantesque boule, comme la pleine lune ou le Soleil. Mais le Soleil est une gigantesque boule de feu (de fusion nucléaire plus exactement), la Terre tourne autour du Soleil en une année, tout en tournant sur elle-même en une journée. Et la Lune est une relativement petite boule tournant autour de la Terre en 28 jours.

LEONARD DE VINCI

!!! Vous êtes sûrs de ce que vous dites ? *(songeur)* Cela expliquerait beaucoup d'observations ... Mais alors la Terre n'est pas au centre de tous les astres ? ... *(effaré)* Et les Hommes ne sont pas l'ultime but de la Création ?

MOI

« La création » ... par Dieu vous voulez dire ?

LEONARD DE VINCI

Euh oui bien sûr. *(décontenancé)* La Bible n'existe plus à votre époque !?

MOI

Si si. Je ne vais pas vous perturber plus que ça. Mais pour répondre à vos questions précédentes, non les Hommes et la Terre ne sont pas du tout au centre de tout. Pas du tout. La Terre est une des milliards de boules présentes dans le cosmos, et les Hommes sont une des millions d'espèces d'animaux peuplant la Terre

LEONARD DE VINCI

(!!!) Vous êtes certain de ce que vous dites ?

MOI

Oui. En 2021 nous avons une foule de preuves de ce que je vous dis. Certains continuent à croire - ou faire croire - que l'Homme est le but ultime de tout ce qui existe. Mais rien ne l'indique. Pourtant beaucoup maintiennent les gens dans l'ignorance. Mais cela ne fait strictement aucun doute, c'est archi-démontré par des millions d'observations : nous ne sommes que des animaux qui sont devenus assez intelligents pour s'interroger sur leur propre existence. Cela nous a rendu vaniteux, et pendant des siècles des religions nous ont donné une raison divine d'exister.

LEONARD DE VINCI

(pensif) C'est absolument passionnant et déroutant ce que vous me dites là ... Mais revenons-en au but que peut avoir votre apparition ici devant moi.

MOI

Je ne vois pas trop le but, mais je ne résiste pas à l'envie de vous raconter deux-trois choses techniques, car je sais que vous adoriez comprendre le monde et la nature, et utiliser cette compréhension.

LEONARD DE VINCI

En effet. La quintessence de cette compréhension étant de devenir capable de peindre ce que l'on voit, avec ses perspectives, ses flous, ses détails anatomiques, ses effets d'ombres et de lumière ...

MOI

Oui : à votre époque l'homme de science, l'inventeur, le philosophe et l'artiste se confondaient. Descartes ne naîtra que dans près de 80 ans.

LEONARD DE VINCI

Descartes ? Qui est-ce ?

MOI

Oh René Descartes. Je pense à lui car il fut un des hommes qui modifia le plus profondément la pensée humaine, mais il ne fut bien sûr pas le seul.

LEONARD DE VINCI

Qu'a-t-il fait de si exceptionnel ?

MOI

Je dirai que son nom reste associé au XXIeme siècle à deux aspects majeurs de la pensée moderne. Tout le monde n'est pas d'accord avec ces deux aspects, mais leurs effets ont été … inimaginables.
C'est-à-dire qu'au XXIeme siècle, on ne se rend même plus compte comme nous vivrions probablement très différemment s'il n'avait pas existé.

LEONARD DE VINCI

Vous m'intriguez. Quels sont ces deux aspects ?

MOI

La raison, la logique : une conséquence a des causes et une cause a des conséquences. Ce qui nous permet peu à peu - à force d'analyses et d'expérimentations - de comprendre avec certitude, d'écrire des lois de la Nature, qui permettront de prévoir, de tout prévoir, même la plupart des émotions.

LEONARD DE VINCI

Je ne comprends pas : c'est déjà ce que nous faisons.

MOI

Vous le faites à une échelle très limitée, individuelle. Grace à l'imprimerie inventée le siècle dernier, on va pouvoir diffuser les certitudes auxquelles on arrive (comme le fait que la Terre est ronde et tourne autour du Soleil), et ces certitudes vont servir de base à des nouvelles expérimentations. Et peu à peu au cours des siècles, on va se mettre à comprendre quasiment tout, des atomes de Démocrite jusqu'au déplacement et à la brillance des étoiles d'Hipparque, en passant par la force du bœuf et du vent et le fonctionnement d'un rhume et comment il peut tuer.

LEONARD DE VINCI

En 2021, vous avez tout compris du fonctionnement de la Nature ?

MOI

Le savoir est infini, les scientifiques continuent à chercher à comprendre toujours plus, mais oui nous avons une très bonne compréhension de la Nature. Mais pas

LEONARD DE VINCI

(émerveillé) Il y a tant de questions que je voudrais vous poser ! Je ne peux choisir. Mais peut-être tout d'abord : que faites-vous de cette connaissance ?

MOI

... Je crois que les deux principales applications sont la médecine et les machines. On va se mettre à comprendre et soigner beaucoup de maladies et de douleurs. Par exemple, en France en 2021, moins de 5 enfants pour 1000 meurent dans leurs 5 premières années de vie.

LEONARD DE VINCI

Comment !? *(...)* Mais c'est rien du tout ! Ca me laisse effectivement imaginer comme le fonctionnement des organes est désormais connu.

MOI

Nous sommes devenus capables, par exemple, de remplacer un cœur malade par le cœur encore vaillant d'une personne qui vient tout juste de mourir par accident.

LEONARD DE VINCI

(!!!) Et la personne qui reçoit ce cœur survit !? Mais alors il n'est plus le même ? L'âme ...

MOI

C'est une opération complexe, mais oui la plupart survivent, et l'âme du défunt n'habite pas la personne sauvée.

LEONARD DE VINCI

D'accord. *(...)* Et vous parliez de machines ?

MOI

Oui. Comme vous qui observiez – euh excusez moi : « observez » – patiemment et analysez précisément, afin d'utiliser ou dessiner vos connaissances, les Hommes ont peu à peu fabriqué des machines de plus en plus complexes.

LEONARD DE VINCI

La vis aérienne ! Vous avez réussi à la fabriquer ... et *(excité)* à la faire voler ?

MOI

Oui. L'hélicoptère. Vers 1920. C'était assez différent de ce que vous aviez dessiné, mais dans le principe c'était pareil : une voile tournante fait décoller du sol la machine sous elle.

LEONARD DE VINCI

1920 !? Pourquoi il a fallu autant de temps ?

MOI

Parce que Galilée n'est pas encore né non plus en 1518, et Newton encore moins, et que vous ne vous rendez pas compte de la force considérable nécessaire pour soulever un poids juste en s'appuyant sur l'air. Personne ne sera capable de fournir une telle force avant très longtemps. Aucun animal ne le peut, même très nombreux. Nous aurons besoin de la puissance chimique enfermée dans les hydrocarbures, qu'on commencera à utiliser au XIXeme siècle.

LEONARD DE VINCI

Je ne comprends pas tout ce que vous dites. Mais l'idée de la vis aérienne était donc bonne ?

MOI

Oui. Mais pas du tout réalisable à votre époque.

LEONARD DE VINCI

Je le sais bien. Je me suis juste amusé à faire quelques croquis à un moment … Quelle autre machine remarquable a été créée ?

MOI

Je pourrais vous en dire des milliers, mais je vous parlerai juste d'une des dernières qui a été inventée. Cela fait moins d'une quinzaine d'année. Cela s'appelle un smartphone. Cela concentre énormément de techniques que les Hommes ont fini par maitriser. Cela se présente comme une petite plaque solide, pas très grande, qui tient dans la main. Cette plaque peut s'allumer en représentant des images, qui bougent, et font du bruit.

LEONARD DE VINCI

Il y a du feu dedans ? Comment ça peut faire des images ?

MOI

Ne cherchez pas à comprendre. C'est bien trop complexe. Pour compléter la description, sachez que cette petite plaque, quasiment tous les Hommes sur Terre en ont une, tous les jours dans leur poche. Et on peut envoyer ces images qui bougent d'une plaque à une autre.

LEONARD DE VINCI

Envoyer des flammes d'une plaque à une autre ? Désolé je ne comprends vraiment pas.

MOI

Je vais vous donner un exemple. En 2021, vous êtes par exemple en Améri … en Inde. Vous êtes marin et vous voulez montrer à votre cousin resté à Florence le chargement d'un sac d'épices sur votre bateau. Vous prenez votre smartphone, vous mettez le smartphone devant le chargement du bateau, ensuite vous faites quelques secondes de manipulations sur votre smartphone avec vos doigts … et quelques secondes après votre cousin à Florence voit sur son smartphone ce que vous venez de voir en Inde.

LEONARD DE VINCI

(incrédule)   Je ne comprends pas. Pourquoi faites-vous ça ? On n'accepte plus d'attendre ? A quoi cela sert-il ? C'est bien ? C'est beau ? C'est bon ? C'est utile ?

MOI

… Pas souvent. Mais en tous cas c'est fascinant qu'on soit capable de le faire.

LEONARD DE VINCI

Oui ça a l'air. Mais aujourd'hui je ne comprends pas pourquoi. Je ne comprends pas ce que cela vous apporte dans la Vie.

MOI

Il y a quelques autres utilisations 😉 *(…)* C'est peut-être le bon moment pour enchaîner sur ce second changement de vision majeur que Descartes a participé à initier. Je vous ai parlé de la logique et de son apport considérable aux sciences et à la compréhension et à l'utilisation de la nature.
Le second changement majeur que cela a engendré est plus dans le cœur des Hommes : puisqu'on s'est mis à tout s'expliquer nous-mêmes, on a de moins en moins eu besoin de Dieu.

LEONARD DE VINCI

« Besoin » !? Dieu n'est pas là pour servir les Hommes !

MOI

Laissez-moi revenir en arrière. A l'Antiquité, les Hommes trouvaient réponse à leurs interrogations sur le sens et le fonctionnement de la Vie dans le

Cosmos. Nous étions des grains de sable sans importance sur Terre. Puis l'Absolu s'est rapproché de nous : il est devenu un Dieu unique qui s'est même fait Homme sous la forme de Jésus. Et à partir du XVIeme et XVIIeme siècle est apparu l'idée que l'Homme – par son propre raisonnement – pourrait sans doute souvent trouver les réponses tout seul. Dieu a peu à peu – très lentement au cours des siècles – cessé d'être la réponse à tout, le guide, le Père de toute création.
Je précise que Descartes n'a pas du tout dit ça – au contraire – mais c'est un des effets qu'a eu avec le temps cette rationalisation. Les auteurs Nietzche au XIXeme siècle et Freud au XXeme siècle ont participé à enfoncer le clou.

LEONARD DE VINCI

… Et les Hommes s'en sortent mieux sans Dieu ?

MOI

Vaste question. Ceux qui croient toujours en Dieu diraient que se la poser est absurde ou sacrilège, et que les déshérences du monde moderne sont le résultat de la baisse de la Foi parmi les Hommes. Ceux qui ne croient pas en un Dieu suprême nous dominant sont très perplexes de voir tant de violence et domination et soumission associée à ces Pères protecteurs (je dis « ces » car plusieurs religions monothéistes se partagent la Foi des croyants !). Enfin beaucoup croient en un Idéal intérieur, fruit de leurs propres valeurs de Respect et d'Amour … dans une démarche plus philosophique que religieuse.

LEONARD DE VINCI

(écarquillé) Pour moi vivant dans une culture où Dieu fait partie de la vie quotidienne, envisager que ces trois manières de percevoir Dieu puissent exister paraît incroyable.

MOI

Et ceux qui ne croient pas fermement en un Dieu suprême ne sont pas quelques dissidents : ils sont la majorité ! Même ceux qui – par convention sociale ou familiale – se disent croyants n'ont souvent tout simplement pas envisagé de remettre en cause leur Foi, de peur d'être rejetés par leur famille ou par leur communauté.

LEONARD DE VINCI

Mais vous n'avez pas répondu à ma question : les Hommes s'en sortent mieux sans Dieu ?

MOI

Vous bouclez dis donc. En même temps la question a du sens.

Je dirais qu'en s'éloignant de Dieu, les Hommes ont gagné en liberté - souvent associée au bonheur dans de nombreuses philosophies - et en lucidité - souvent générateur d'une forme de malheur.
Aussi en s'éloignant de Dieu, les Hommes ont supprimé beaucoup de violence et de domination de masse. C'est considérable !
Par contre, en s'éloignant de Dieu, les Hommes se sont soumis à un nouveau dominant : eux-mêmes, leur ego. Chacun s'est mis à vouloir être quelqu'un de brillant, plus que les autres : riche de possessions et riche de l'image qu'il renvoie aux autres.
Et enfin, en s'éloignant de Dieu, les Hommes se sont mis à totalement dominer et exploiter la Nature. Avant, les Hommes respectaient la Terre et les animaux confiés aux Hommes par Dieu. Depuis plusieurs siècles ce n'est plus le cas, et la Terre et les animaux ont été considérablement abîmés, au point que les savants par milliers voire millions alertent sur les souffrances et effondrements dramatiques qui attendent les Hommes.

LEONARD DE VINCI

C'est sympa ce que vous racontez. Donc il faut rétablir Dieu dans le cœur des Hommes ?

MOI

Je ne sais pas si c'est la solution, et dans tous les cas c'est bien trop tard ! (…) En réalité, je crois que c'était cela le but de ma rencontre avec vous aujourd'hui. Qu'en pensez-vous ? Que pensez-vous de tout ce que j'ai pu vous raconter sur le monde de 2021 ?

Il y aurait encore quantité à dire, comme la gravité de la diffusion et utilisation ultra-massive de l'ignorance. On va appeler cela les « fake news », cela va se répandre de façon totalement déraisonnée entre des personnes qui ont besoin de croire qu'ils savent mieux que ceux qui ont pris le temps de longuement douter de leurs certitudes. Et surtout cela va être exploité par des prédateurs.

LEONARD DE VINCI

Que voulez-vous dire ?

MOI

A plusieurs reprises, des fous ou des folles vont chercher - et parfois réussir - à prendre le pouvoir, lever des armées, dans le but d'essayer de modeler les Hommes à leur vision étriquée et démente du Monde. Cela est en train de se passer en France en 2021 : une femme vivant dans la haine et le mépris essaie de prendre le pouvoir. Et cela devient maintenant inquiétant.

LEONARD DE VINCI

…

MOI

Bref, je répète : qu'en pensez-vous ? Si vous pouviez adresser un message aux Hommes de 2021, quel serait-il ?

LEONARD DE VINCI

(…) Laissez-moi réfléchir (…) Je leur dirais une phrase que j'ai écrite par le passé :
« **Celui qui néglige de punir le mal aide à sa réalisation** »

MOI

Donc il faut TOUJOURS combattre la maladie, la malveillance, et la mésinformation … quelle qu'elles soient ?

LEONARD DE VINCI

Voilà. De ce que je comprends de 2021, l'Amour de son prochain et de la nature ont beaucoup trop disparu de la priorité des Hommes … Mais il n'est JAMAIS trop tard pour prendre le bon chemin.

MOI

Oui … Vous me faites penser à quelque chose (…) Attention ça va être abrupt : c'est juste pour tester quelque chose : que diriez-vous si je vous disais qu'on va exploiter des millions d'individus derrière des grillages, pour ensuite les tuer, les transporter … puis les manger

LEONARD DE VINCI

Vous parlez de la viande bien sûr : poulets, moutons, vaches, cochons … Pourquoi, vous mangez plus de viande au XXIeme siècle ?

MOI

Cela dépend qui. La viande est chère.
Mais en tous cas l'élevage industriel de bœufs provoque deux catastrophes : augmentation de 16% de l'effet de serre par leurs flatulences (gaz toxiques) et destruction de tonnes de forêts et leurs animaux pour cultiver à manger pour le bétail.

LEONARD DE VINCI

J'ai du mal à imaginer l'ampleur dont vous semblez parler. Ca doit être ce « industriel » qui m'échappe totalement. J'imagine que cela signifie « dans des quantités immenses »

MOI

Oui, vous n'imaginez pas : des centaines ou milliers de bovins, parqués dans des champs sans herbe, et nourris avec des céréales cultivées sur des champs où était avant une forêt *(...)* partout dans le monde.

LEONARD DE VINCI

J'ai du mal à croire ce que vous me racontez.
D'autant plus que *(...)* je ne trouve pas « des raisons qui vous transforment en une tombe pour tous les animaux ».

MOI

Bien dit. En plus au XXIème siècle on sait que plus de 20 grammes de viande par jour ... ne sert à rien pour le corps ... et par contre peu à peu engendre différentes gênes ou maladies.

LEONARD DE VINCI

De ce que vous me dites, le bœuf peut être très bon à manger mais est responsable de tant de dégradations environnementales et sanitaires *(...)* que vous devez tout de suite en diviser la consommation par au moins 2.

MOI

Oui : chacun divise sa consommation par 2. Et alors la production se divisera par 2 😊

***

LEONARD DE VINCI

Vous pouvez m'avoir un smartphone ?

ACTE 2

Scène 1

You can't always get what you want
But if you try sometimes, well, you might find
You get what you need

(The Rolling Stones)

MOI

Woh là ! Je suis où là ? *(...)* Monsieur Macron !?

EMMANUEL MACRON

Comment êtes-vous arrivé là ? Qui êtes-vous ?

MOI

Je suis à l'Elysée ? Dans le bureau présidentiel ? J'imaginais ça plus grand.

EMMANUEL MACRON

Qui êtes-vous ? Par où êtes-vous entré ?

MOI

J'étais couché. J'écoutais de la musique avec les écouteurs pour m'endormir, je pensais encore à comment la perception de la vie avait tant changé depuis cette crise ... et puis me voilà ici devant vous.

EMMANUEL MACRON

... Qu'est ce que vous me dites ? De la magie ? Je lisais à mon bureau et je ne vous ai pas vu arriver. En même temps je ne vois pas comment vous auriez pu arriver ici sans passer plusieurs barrières de sécurité.

MOI

C'est très perturbant.

EMMANUEL MACRON

En effet. Par précaution je vais vous faire fouiller. Ne bougez pas d'un pouce. *(appuyant un bouton sur son bureau)* Sécurité. Un homme est dans mon bureau. Il ne semble pas menaçant, mais venez le fouiller s'il vous plaît.

MOI

Wouho. Calmez-vous messieurs. Je ne suis pas armé, et n'ai jamais fait de mal à une mouche.

EMMANUEL MACRON

Je ne sais pas comment il est arrivé là. Laissez-moi discuter seul avec lui, et restez sur le qui-vive au cas où.

MOI

(après quelques instants) Pourquoi je suis là ?

EMMANUEL MACRON

Surtout il paraît indéniable qu'il n'y a pas d'explication rationnelle à votre présence ici. C'est très intriguant.

MOI

(le regardant fixement) J'ai un certain respect pour vous Monsieur. L'audace dont vous avez fait preuve en 2016 me bluffe … et me ravit car j'exécrais depuis longtemps le bipartisme d'av

EMMANUEL MACRON

On a toujours 2 partis : les logiques et les extrêmes.

MOI

(...) Je ne pense pas être arrivé ici par magie pour parler de politique.

EMMANUEL MACRON

En effet. Vous parliez d'une crise ? Vous parlez des Gilets Jaunes ? On est sur la fin. Je suis en train d'organiser une Convention Citoyenne sur le Climat pour calmer les ardeurs.

MOI

(!!!) Nous sommes en quelle année ? Quelle date ?

EMMANUEL MACRON

Le 25 mars 2019, pourquoi ? Ne me dites pas qu'en plus d'être apparu par magie vous avez voyagé dans le temps.

MOI

Si ! Je viens du 25 mars 2021. *(...)* Oh my god ! Je sais pourquoi je suis là !

EMMANUEL MACRON

(...) Pourquoi ?

MOI

Une catastrophe mondiale va survenir en 2020. Fin 2019 plus précisément. Il est peut-être encore temps de l'empêcher. Nous pourrions penser plus tard à si c'est bien de profiter d'un voyage dans le passé pour changer le présent, mais je crois qu'il faut le faire.

En tous cas je suis là, et vu la gravité de ce qu'il va se passer, je ne peux pas ne pas vous le dire.

EMMANUEL MACRON

Vous m'intriguez.

MOI

On va parler de la plus grave crise depuis la Seconde Guerre Mondiale.

EMMANUEL MACRON

Ouch !

MOI

Vous avez obtenu de Merkel un plan de relance européen de 750 milliards d'Euros.

EMMANUEL MACRON

Comment !? Mais c'est impossible.

MOI

Ca vous donne une idée de la gravité de cette crise.
D'ailleurs, on ne doit pas parler de crise, car après une crise on revient au monde d'avant, mais là la transformation est trop majeure pour que le monde demeure inchangé.

EMMANUEL MACRON

C'est quoi ?

MOI

Un virus. Un nouveau virus. Respiratoire. Pas très létal – quelques % quand même –, mais hyper contagieux. Il provoque une méchante maladie, qui demande beaucoup de soins et provoque souvent des séquelles.

EMMANUEL MACRON

Il y a beaucoup de morts ?

MOI

On approche les 3 millions officiellement recensés dans le Monde en mars 2021, mais c'est loin d'être fini ... Cela restera sans doute. Un peu comme la grippe, qui revient tous les hivers, sauf que c'est beaucoup plus violent : ce n'est pas seulement une semaine de grosse fièvre pour une personne bien portante.

EMMANUEL MACRON

C'est très embêtant, mais je ne saisis pas bien pourquoi cela provoque une telle catastrophe.

MOI

C'est hyper contagieux, et on est contagieux plusieurs jours avant les symptômes ... Donc TOUT LE MONDE peut être porteur sans le savoir. Donc tout le monde doit faire ce qu'on appelle les « gestes barrières » : lavage de main fréquents, distanciation physique de plus de 1m avec tout le monde (donc finis la bise et le serrage de main), port du masque.

EMMANUEL MACRON

Qu'est-ce que vous me racontez ? Personne ne va faire ça.

MOI

Monsieur : 4 milliards de personnes vont vivre confinées vers Avril 2020.

EMMANUEL MACRON

(!!!) Mais ce n'est pas possible. Les économies ne peuvent pas supporter ça. Ca a duré combien de temps ce confinement ?

MOI

2 mois pour le premier. Puis il y en a eu d'autres. Nous commençons le troisième en France au Printemps 2021.

EMMANUEL MACRON

Mais c'est catastrophique ce que vous me racontez !

MOI

Oui

EMMANUEL MACRON

J'imagine que les services essentiels, comme l'eau, l'électricité, les éboueurs, les pompiers, l'armée ont continué.

MOI

Oui, pas le choix.

EMMANUEL MACRON

L'alimentation, la police aussi. Et les hôpitaux et médecins bien sûr.

MOI

Oui.

EMMANUEL MACRON

Les écoles ?

MOI

Pour le premier confinement elles étaient fermées aussi. Pour les confinements suivants, ça dépendait des pays. Les parents de jeunes enfants ont adoré :D

EMMANUEL MACRON

Oh mon dieu ! Mais quand ça a commencé, au premier confinement *(...)* tout le monde devait être terrifié, et déboussolé.

MOI

Très légèrement oui ... Surtout que nous ne savions pas à quel point la maladie était grave, comment s'en protéger exactement, comment ça allait évoluer. En réalité, nous avons tous découvert le concept de ne pas savoir ce qu'il se passerait la semaine suivante ...
Maintenant, après plus d'un an de pandémie, nous essayons parfois de nous projeter à 1 ou 2 mois, mais c'est encore très aléatoire.

EMMANUEL MACRON

(...)

MOI

Et les restaurant, bars, cinémas, salles de spectacles, musées, concerts sont fermés quasi en continu depuis plus de 1 an ...

EMMANUEL MACRON

Mais les gens doivent devenir dingues !?

MOI

Dans l'ensemble, l'Homme est hyper résilient. Mais oui c'est très dur, et bien sûr certains ne le supportent pas ou ne l'acceptent pas.

* * *

EMMANUEL MACRON

Mais les conséquences doivent être terribles, pour les entrepreneurs, les étudiants, les restaurateurs qui venaient d'ouvrir, les artistes, les intermittents du spectacle, les enfants maltraités, les femmes battues, les familles des délinquants, les handicapés mentaux, les dépressifs, les jeunes qui construisaient ou rêvaient avec tant de doutes leur avenir, les personnes seules, les ...

MOI

En effet, la liste est longue, très longue. Et puis l'absence de fêtes, de concerts, de soupapes entre amis, de rencontres et discussions fortuites avec des inconnus, … la vie confinée.

EMMANUEL MACRON

(…)

MOI

Mais les lecteurs de ce livre n'ont pas envie de lire encore et encore ce qui hante déjà tellement nos pensées depuis un an et demi.

EMMANUEL MACRON

C'est vrai. Mais alors : quand cela a commencé ? Vous parliez de fin 2019. Il est encore temps de l'empêcher ?

MOI

J'ai souvent rêvé de vous avertir début 2019 qu'un nouveau virus aux conséquences gigantesques allait apparaitre probablement à l'automne 2019 dans la ville de Wuhan en Chine.

EMMANUEL MACRON

Wuhan !? Où la France a co-construit un laboratoire P4 !?

MOI

Oui. On ne sait pas si c'est lié à ce laboratoire. En réalité, vous connaissez l'opacité chinoise : on n'arrive pas à savoir grand-chose avec certitude. La seule certitude, c'est que le premier territoire confiné dans le Monde fut la ville de Wuhan en Janvier 2020.

EMMANUEL MACRON

Il y a aussi l'alerte d'un certain professeur Rodolphe Gozlan, qui en 2019 démontre que si un nouveau virus grave apparait, ce sera en Ouganda ou à Wuhan en Chine. Je vais lancer des contrôles plus approfondis.

MOI

Vous croyez pouvoir empêcher la catastrophe ? Mais alors je n'apparaitrais probablement pas devant vous pour vous donner cet avertissement, vous faisant agir pour l'empêcher …

EMMANUEL MACRON

Oui, c'est la question insoluble des voyages dans le temps, il faudrait en parler à Doc, mais là il promène le chien. *(…)* En tous cas d'après ce que vous dites je ne peux pas ne pas essayer.

MOI

En êtes-vous sûr ?

EMMANUEL MACRON

Comment *(!?)* Il faut éviter cette catastrophe, non ?

MOI

(…) Et si cette catastrophe n'était que l'avertissement de catastrophes bien plus graves ?

EMMANUEL MACRON

Comment ? Qui nous avertirait ?

MOI

Personne ! Mais les Hommes pourraient prendre ce chaos – finalement relativement maîtrisé – comme un feu clignotant alertant du danger bien plus grave qui menace l'humanité.

EMMANUEL MACRON

De quoi parlez-vous ? Du réchauffement climatique ?

MOI

Le réchauffement climatique perturbe déjà, mais mettra des décennies à rendre la Terre de plus en plus invivable.
Alors que les épidémies venues des animaux se multiplient déjà de plus en plus (Zika, Chikungunya, grippe aviaire, fièvre porcine, ...) du fait de la Sixième Extinction de masse des espèces. Et cela va s'amplifier. Nous ne sommes pas à l'abri qu'un nouveau virus apparaisse d'ici 10 ans, mais cette fois hyper létal ... provoquant des milliards de morts en quelques années !

EMMANUEL MACRON

Voyons ne dites pas n'importe quoi.

MOI

Je fais ce que je veux. Euh excusez-moi (...) Vous ne croyez pas les études des biologistes, virologues, épidémiologistes, écologues, éthologues ? Ils sont paniqués par les conséquences de la Sixième Extension. Vous n'avez pas vu l'appel solennel de plus de 15000 scientifiques mondiaux en Novembre 2017 !? Vous n'avez pas lu le rapport Meadows de 1972 ?

EMMANUEL MACRON

Si. J'ai lu tout ça … mais on ne peut rien faire.

MOI

Alors on abandonne ? Et tant pis pour nos enfants qui n'auront probablement jamais de petits-enfants ?

EMMANUEL MACRON

Arrêtez. C'est bon, le catastrophisme ne mène à rien.

MOI

Vous vous souvenez des trous dans la couche d'ozone ?

EMMANUEL MACRON

Comment ? C'est quoi le rapport ?

MOI

Le rapport, c'est que les scientifiques avaient réussi à faire comprendre aux politiques que sans action, toute vie sur Terre serait détruite en moins d'un siècle, y compris nous bien sûr.

EMMANUEL MACRON

Vous exagérez encore.

MOI

Mais non : renseignez-vous, et vous verrez que, effectivement à l'époque (vers 1980) la population mondiale encore confiante dans leurs dirigeants pour prendre les décisions qui s'imposent, ne s'était pas trop affolée. Mais c'est ce qui était enclenché et s'amplifierait si on n'arrêtait pas immédiatement de relâcher ces si abondants CFC dans l'atmosphère.

EMMANUEL MACRON

Je n'avais pas saisi à l'époque que l'Humanité était en voie de disparaître à courte échéance. Vous délirez.

MOI

Et pourtant. La meilleure preuve que la situation factuelle était gravissime, c'est qu'on a réussi en quelques années à cesser l'utilisation mondiale de ce composé industriel majeur : dans les millions de réfrigérateurs, de bombes aérosols, de tonnes de mousses industrielles !

EMMANUEL MACRON

En effet ... Qui a permis ça ?

MOI

Les scientifiques avaient des preuves irréfutables que la catastrophe inéluctable était déjà enclenchée. Alors les politiques et les industriels, après quelques années de prise de conscience, ont agi radicalement à hauteur du péril démarré *(...)* et les CFC ont été interdits et remplacés presque partout dans le Monde, et le trou de la couche d'ozone s'est résorbé.

EMMANUEL MACRON

Si vous dites vrai, c'est fort ce qu'il s'est passé. Et alors votre pandémie ? Vous suggérez qu'il en va de même des CFC et de l'extinction de la biodiversité.

MOI

Cette pandémie, qu'on appellera le Covid, est l'équivalent pour l'extinction de la biodiversité … du trou polaire dans la couche d'ozone pour l'appauvrissement général de l'ozone dans l'atmosphère mondiale : une alerte.

EMMANUEL MACRON

C'est un peu complexe. Refaites ?

MOI

Dans les grandes lignes, on peut dire que les trous dans la couche d'ozone aux pôles en hiver, a années après années appauvri l'ozone atmosphérique mondial, ce qui allait en quelques décennies provoquer l'irradiation mortelle de tous les êtres vivants.
Si on compare à la destruction de la biodiversité aujourd'hui, cela donne une moins bonne couverture contre les zoonoses (maladie venant des animaux) qui conduit à l'apparition de plus en plus fréquente de nouveaux virus qui peuvent donner des pandémies potentiellement cataclysmiques. Le Covid n'en est sans doute que le premier et modéré exemple. Les biologistes parlent parfois de « coup de semonce » de la nature.

EMMANUEL MACRON

Ahhh : « potentiellement » donc pas suffisant pour que le Monde s'alarme.

MOI

... Certes on peut toujours attendre, et croiser les doigts pour que la prochaine épidémie (ou mutation de celle-ci) soit moins contagieuse ou meurtrière. Et puis si le pari est raté, tant pis.

EMMANUEL MACRON

Ben voilà, c'est une bonne idée ça *(ironique)*   c'est exactement mon boulot en plus.

MOI

(...) Et pourtant je le répète : ce virus tue peu, mais est très contagieux et très dur pour une bonne part des malades. Ebola par exemple tue vingt fois plus, mais est factuellement moins contagieux.

EMMANUEL MACRON

Et alors je ne comprends plus trop votre préoccupation.

MOI

Je n'ai pas de préoccupation. Simplement un constat.

EMMANUEL MACRON

Un constat ... de donneur de leçons.

MOI

Un constat que toutes causes confondues (appauvrissement des ressources, réchauffement global, réduction majeure de la biodiversité, réduction des terres agricoles exploitables, surpopulation), l'Humanité a peu de chances de passer la fin du siècle. Je pronostique même moins d'un milliard d'humains avant 2052, suite à une ou plusieurs crises sanitaires, supérieures à celle que nous connaissons depuis 2020.

EMMANUEL MACRON

Oui je sais bien que ça finira sans doute par arriver, ou autre chose.

MOI

Sauf si on change le logiciel.

Les solutions considérées « normales » ont fini par ne plus marcher. Donc il est temps d'essayer les solutions « anormales ». Vous avez réouvert le chemin de l'audace politique en 2016-2017, et vous avez réussi à évacuer les 2 partis historiques.
On doit maintenant passer la seconde en mettant la Vie naturelle et humaine, à la base de l'économie, et plus seulement le P.I.B. ... sauf si on remplace le B de Brut par Bien-être animal.

EMMANUEL MACRON

C'est mignon ce que vous dites, mais l'argent n'y laissera pas sa place.

MOI

Alors la Vie n'y aura rapidement plus sa place non plus, et l'effondrement viendra d'un coup, en quelques années, à partir de 2030. Ressources disponibles, nourriture/habitant, production industrielle, espérance de vie, population, services/habitant : tout va s'effondrer en effet boule de neige.

EMMANUEL MACRON

Arrêtez de regarder FaceBook et Youtube.

MOI

Je ne regarde aucun des deux : on y parle la plupart du temps sans douter de son savoir. Par contre je lis, et si vous n'avez pas compris la démonstration indubitable du rapport Meadows *Les limites à la croissance dans un monde fini*, nous ne pouvons plus rien faire pour nos enfants. Et nous devrions les avertir, avant qu'ils ne le comprennent, eux-mêmes.

EMMANUEL MACRON

Et alors c'est quoi votre solution ?

MOI

Je ne sais pas encore, et je crois que c'est la première étape pour trouver une solution.

Du temps des Grecs, quand des grands penseurs comme Platon ou Aristote se demandaient comment organiser au plus juste leurs villes, leurs provinces, leurs états, ils virent rapidement que la ligne rouge à ne pas dépasser était l'*accumulation de richesses*. Sinon la société devient instable.
Pourtant, aujourd'hui on parle de PIB, c'est à dire d'accumulation d'argent fabriqué par le travail. On sait que la majeure partie de cet argent est happé dans un tourbillon, dont une partie seulement ressort. C'est de l'*accumulation de richesses*.   CQFD.

EMMANUEL MACRON

C'est de l'investissement, qui crée le travail.

MOI

En majeure partie oui. Mais ce n'est pas que de l'investissement, et nous le savons tous.

Et quelques % de récupérés permettraient d'investir ... dans les Hôpitaux et les Ecoles pourquoi pas.

EMMANUEL MACRON

C'est plus compliqué que ça.

MOI

Il y a un proverbe que j'aime bien, et que vous connaissez sans doute : « *Ils ne savaient pas que c'était impossible. Alors ils l'ont fait.* »

EMMANUEL MACRON

Oui Mark Twain.

MOI

Yes.

Autre chose :
L'injustice successorale qui perpétue et accentue les inégalités sociales, on arrête un jour ? Comme dit Beaumarchais dans Les Noces de Figaro :
« Qu'avez-vous fait pour tant de bien ? Vous vous êtes donné la peine de naître, et rien de plus. »

EMMANUEL MACRON

Ce n'est pas si simple ...

MOI

« pas si simple » ... « plus compliqué que ça » ...

Bon un dernier point alors :
Moi je ne vois pas à quoi ça sert de gagner plus de 10 000 euros nets par mois.
Vraiment : je ne vois pas à quoi ça sert.
Je pense qu'avec 5000 tu vis et manges déjà super confortablement. Tu es libre de faire plein de choses. Après je ne vois pas. A quoi ça sert ? Qu'est-ce que ça apporte ?

EMMANUEL MACRON

Vous ne vous rendez pas compte de l'argent qui circule.

MOI

Non en effet.

EMMANUEL MACRON

Donc vous imaginez un écrêtage des revenus à 10 000 nets par mois ? Et vous pensez que les plus gros créateurs de richesses vont rester en France ?

MOI

Les meilleurs resteront.

Bon donc c'est validé que vous réinstaurez une sorte de taxe Tobin modernisée, de plusieurs pourcents, vite absorbée par les Marchés, directement investis dans l'Hopital et Les Ecoles ?

EMMANUEL MACRON

Euh, nous n'avons pas parlé de ça.

MOI

Si. Vous n'avez pas dit que vous étiez contre.

EMMANUEL MACRON

(...) N'importe quoi

* * *

MOI

En fait il y a beaucoup de choses que vous avez faites très intelligemment et très justement, en faisant les seuls compromis réalistes possibles dans ce monde réel si multiple et complexe et heureusement imparfait (sinon ce ne serait pas très intéressant). Oui nous rêvons tous chacun de sociétés correspondant à nos valeurs propres, mais ce qui est super c'est que les sociétés démocratiques ont choisi d'écouter et respecter l'avis de chacun pour décider des compromis satisfaisant le plus grand nombre ! *(...)* . Mais ces compromis ne peuvent pas satisfaire tout le monde, car ça ... c'est impossible dans une société d'humains et pas de robots !

EMMANUEL MACRON

Tout à fait : changer le changeable et accepter l'inchangeable.

MOI

J'aime beaucoup cette formule stoïcienne. Mais par contre vous m'avez beaucoup déçu – mais pas beaucoup étonné – de ne pas oser attaquer comme il fallait le péril humain qui accourt. Comme je vous l'explique depuis tout à l'heure, l'environnement et le sanitaire seront bientôt les plus grands décideurs de nos politiques économiques et démographiques ! Imaginez que juste cette crise sanitaire va faire emprunter près de 2000 milliards de dollars aux Etats-Unis en 2021.

EMMANUEL MACRON

(prenant soudain conscience) Saperlipopette : j'ai zappé l'aspect urgence environnementale !? *(embêté)* Pourtant j'ai tout étudié, réfléchi, réseauté, discuté, décidé *(…)* mais ça *(…)* je ne l'ai pas soupesé à sa juste valeur.

MOI

Un chiffre méconnu, c'est l'estimation du coût du travail de la nature. Un exemple, uniquement avec le travail de pollinisation par les insectes. Je précise qu'on n'a pas évalué ce que ça couterait de polliniser à la main, mais ce que cela ferait perdre en production agricole si ces insectes disparaissaient. Donc sans même évaluer les autres conséquences comme le fait que les oiseaux n'auraient plus beaucoup d'insectes à manger.

EMMANUEL MACRON

Bon d'accord. *(…)* Et alors ? Combien ?

MOI

150 milliards d'euros par an dans le monde, mais encore une fois cela n'évalue qu'un petit aspect : les conséquences écosystémiques sont si complexes et multiples qu'elles sont impossibles à évaluer, mais il est évident qu'elles sont sans commune mesure plus importantes à moyen ou long termes (années ou décennies).

EMMANUEL MACRON

Donc qu'est-ce qu'on peut faire, de suffisamment impactant environnementalement, sociologiquement, humainement ... ?

MOI

C'est vous qui voyez

EMMANUEL MACRON

(amusé) Oui, il y en a qui ont essayé *(...)* moi j'ai essayé.

MOI

(...)

EMMANUEL MACRON

La voiture ? C'est bien ça, non ? Ça touche tout le monde, et on transforme la grogne en lien social *(...)* par le covoiturage !

MOI

(surpris) Je ne vous suis pas là.

EMMANUEL MACRON

Ah oui mais non : je vais me faire des ennemis pas possibles. Non je ne peux pas *(retournant soudain au sourire)* Ou si, *(pensif)* ce pourrait être un coup politique et surtout diplomatique historique !

MOI

Houla.

EMMANUEL MACRON

On va mettre le paquet : campagne de com, appli sur le téléphone, plateaux télé

MOI

Vous avez déjà dit la com 😊 *(...)* Mais c'est bien. Oui cela doit devenir un réflexe : « je vais là ... mais d'ailleurs sans doute que quelqu'un va par là aussi ... allons-y ensemble même si on ne se connait pas, ce sera l'occasion de discuter et d'apprendre d'autres points de vue. »

EMMANUEL MACRON

Oui : comme ça c'est bien : c'est bien pour la nature ... et c'est même un élément de cohésion sociale ... un peu comme *Blablacar* a fait.

MOI

Oui.
Le consommateur a bien plus de pouvoir que les pouvoirs *(...)* grâce à l'effet de masse : par millions, les consommateurs vont changer le monde *(...)* pour les enfants, et leurs enfants.

Scène 2

On ne fait pas d'omelette sans casser des œufs.

(Proverbe populaire, bien plus porteur de sens qu'on ne le croirait)

MOI

Où suis-je ? Vous êtes qu ? *(surpris, légèrement paniqué)*

VALERY GISCARD D'ESTAING

Qui êtes-vous monsieur ? que faites-vous ici ?

MOI

(incrédule) Valéry Giscard D'estaing ?

VALERY GISCARD D'ESTAING

(ferme) Monsieur que faites-vous ici ? *(en pressant un bouton sur son bureau)* Sécurité

MOI

Non monsieur : je ne sais pas ce que je fais là, je ne vous veux aucun mal

VALERY GISCARD D'ESTAING

(pensif quelques secondes, il appuie sur le bouton) Non c'est bon, fausse alerte. Restez attentifs.

MOI

Monsieur *(un peu hésitant et incrédule)* j'étais sur mon canapé, j'avançais un bon livre … je lisais … ma femme partait se coucher … et me voilà là : assis devant-vous, manifestement - d'après votre tête - dans les années 80.

VALERY GISCARD D'ESTAING

(choqué, un peu autoritaire) Monsieur à qui pensez-vous parler là !?

MOI

(surpris, pensif quelques secondes) Je suis vraiment vers 80 ?

VALERY GISCARD D'ESTAING

(agacé) Monsieur, nous sommes le 25 mars 1980 !

MOI

(illuminé) J'ai voyagé dans le temps !

VALERY GISCARD D'ESTAING

Monsieur je rappelle la sécurité.

MOI

Non ! Monsieur, j'ai vraiment voyagé dans le temps. Je viens de 2021 : le 25 mars 2021.

VALERY GISCARD D'ESTAING

(dubitatif mais intéressé … commençant à trouver une explication à cette situation insensée) Vous dites n'importe quoi. Prouvez-le moi.

MOI

(à nouveau illuminé) Je sais pourquoi je suis là.

VALERY GISCARD D'ESTAING

(agacé) Monsieur, avant que vous ne parliez, j'appelle la Sécurité pour vous fouiller. *(appuyant sur le bouton)* Sécurité, venez fouiller un homme ... ne tirez pas.

MOI

(surpris et apeuré) Heuh

VALERY GISCARD D'ESTAING

Laissez-le tranquille. Fouillez-le juste.

MOI

(neutre) Hon.

VALERY GISCARD D'ESTAING

(après une minute) Alors vous disiez que vous saviez pourquoi vous étiez là ? Monsieur ?

MOI

Je ne vois qu'une raison pour laquelle je suis là.

VALERY GISCARD D'ESTAING

Dites. *(sincère et interrogatif)* Vous êtes d'accord que votre arrivée est très surprenante ?

MOI

Oui oui. Je vous assure : j'ai toute ma tête. Je suis – disons – responsable, père de famille, des passions, tout va bien ... Non mais il y a une seule raison qui peut m'amener à vous ici, dans votre bureau, Monsieur le Président ... Une seule raison qui permet de dépasser l'inexplicabilité de la situation. C'est pour vous avertir qu'en 2021, l'humanité va vraiment à sa perte ... Non pas une blague, je ne vous parle pas d'une tension nationale ou je-ne-sais quoi. Vous savez j'arrive à vous, là : je sais que vous êtes le Président de la France jusqu'en 1981 où Mitterrand vous a battu et a été le président pendant 14 ans. Bref :

VALERY GISCARD D'ESTAING

(digérant la nouvelle) Heuh.

MOI

Monsieur : si je suis là c'est pour vous avertir : des choix de sociétés sont en train de s'implanter ... non ... il va y avoir une épidémie ... en 2020 ... ça va être terrible ... non ça va pas faire beaucoup de mort ... si ... pas des millions ... si d'ailleurs il me semble qu'on a passé les 3 millions ... depuis longtemps d'ailleurs ... à l'échelle mondiale.

VALERY GISCARD D'ESTAING

Monsieur MOI de quoi me parlez-vous ?

MOI

(réfléchissant 30 secondes)

VALERY GISCARD D'ESTAING

Monsieur MOI ?

MOI

Monsieur,

VALERY GISCARD D'ESTAING

(agacé) Appelez-moi Monsieur le Président enfin ! *(se ravisant)* Ah non, : excusez-moi. Allez-y, continuez.

MOI

Monsieur : je suis maintenant convaincu que l'Humanité va à sa perte. En fait ça fait très longtemps que des gens le disent, mais c'est catastrophiste et tout ça ... Mais là c'est vrai. En fait je vous ai parlé d'une épidémie là. C'est vrai : c'est grave, on a eu jusqu'à 4 milliards d'êtres humains confinés au début de l'épidémie quand le virus a éclaté dans le Monde. Des millions de morts et des centaines millions de « blessés ». On va parler de la plus grave crise depuis la Seconde Guerre Mondiale.

VALERY GISCARD D'ESTAING

Il va y avoir une Troisième Guerre Mondiale ? ... Ah oui, donc : non. Reagan va être réélu ? L'URSS ? Ca va finir comment tout ça ? Ca va finir ?

MOI

(prenant conscience de la difficulté de la discussion) Monsieur. Ca va pas être possible : Nous venons d'une autre époque. D'un autre Monde. Il va se passer plein de choses. Vous n'imaginez pas. Des terroristes vont envoyer des avions dans des Tours à New York ... Le World Trade Center ... c'est déjà construit en 1980 je crois.

VALERY GISCARD D'ESTAING

Quoi !? Mais ç'est super grave ça !

MOI

… non : vous n'imaginez pas, tout ce qui va se passer. Le Monde va changer … non mais la mentalité des gens va changer. Nous allons tous être connectés, avec un petit appareil dans la poche. Pleins de gens, des millions, des milliards, vont partager des idées, anonymement, avec pleins d'autres. Ca va être fou. On va parfois plus se préoccuper de ce que les gens pensent de nous d'après ce qu'on publie sur internet et les réseaux, que de la qualité des moments qu'on passe avec nos proches.

VALERY GISCARD D'ESTAING

Quoi ? Internet ? C'est un Système américain ça, non ?

MOI

Monsieur, tout ce dont je vous parle, vous êtes à la rue.

VALERY GISCARD D'ESTAING

(agacé) Monsieur !

MOI

Oui excusez-moi. *(perplexe)* Je finis par me demander ce que je fais ici ?

VALERY GISCARD D'ESTAING

J'aimerais bien le savoir … Monsieur j'ai du travail, je vous devoir vous demander de partir.

MOI

Non non : il doit y avoir une raison ... pour que je sois là.

VALERY GISCARD D'ESTAING

C'est vrai. *(grave, méditatif)* Monsieur, à votre avis. Pourquoi un homme de 2021 arriverait en 1980, dans le bureau du Président de la République Française ?

MOI

Je pense qu'on s'en fout de « Française » : le Monde est globalisé aujourd'hui, encore plus avec cette pandémie.

VALERY GISCARD D'ESTAING

Ca a l'air sérieux cette pandémie.

MOI

(respirant un grand coup) C'est très grave. Pas trop en nombre de morts pour l'instant, mais ça ne va pas baisser. Pas avant longtemps. Et puis il va y en avoir d'autres, des virus, il y en a de plus en plus, ils viennent des animaux, dont on détruit les niches *(...)* non, dont on détruit les forêts.

VALERY GISCARD D'ESTAING

(amusé) De quoi parlez-vous ?

MOI

(paniqué et persuasif) Mais Monsieur : ce n'est pas une blague ... je ne pourrais pas tout vous expliquer, il y a trop de retard, vous ne comprendriez pas

VALERY GISCARD D'ESTAING

Comment ?! Monsieur, je crois que je peux comprendre tout de même, je suis tout de même polytechnicien et Président de la Fr ...

MOI

Monsieur. Monsieur Giscard d'Estaing. Monsieur le Président. Des choix de société sont en train de s'implanter. Ou en fait ils sont là depuis longtemps. Ce n'est pas le problème ... Il est encore temps, pour vous. Vous pouvez encore changer quelque chose.

VALERY GISCARD D'ESTAING

Euh pas beaucoup : vous m'avez dit qu'en 1981 je perdrai l'élection.

MOI

Ah oui c'est vrai. Non mais il faut ... Je ne sais pas. Il faut que vous fassiez quelque chose, je ne sais pas comment : je pense vraiment ... je ne suis pas un fou, je suis inséré dans la société, je lis, de tout, j'apprends, bref ... Je pense vraiment, je suis maintenant convaincu, que d'ici 2100, peut-être même avant ... sans doute beaucoup plus tôt : disons 2052 ... Il y aura moins d'1 milliard d'Hommes sur Terre.

VALERY GISCARD D'ESTAING

Ah, c'est dur, nous sommes 4 Milliards aujourd'hui.

MOI

8 Milliards en 2021.

VALERY GISCARD D'ESTAING

(épouvanté) 8 milliards !? Ah oui c'est vrai. Comment vous allez faire, à votre époque ?

MOI

(pensif) Eh bien on ne va pas faire … En fait vous ne connaissez pas le Monde. Vous avez lu des dossiers, fait des voyages, croisé des « population locales », vécu des expériences humaines avec des gens, partout, dans le Monde, en France aussi … Mais vous ne connaissez pas le Monde comme nous le connaissons en 2021. C'est formidable, c'est génial : on se fait des fou-rires en regardant un inconnu portugais qui glisse sur sa terrasse devant sa famille hilare, on peut discuter avec un ami virtuel qu'on s'est fait à Tokyo, on va s'échanger des millions … des milliards … des milliers de milliards de messages, courts, comme des mini-courriers, mais instantanés, de quelques mots, ou on va se parler en hiéroglyphes avec les emoticons, sur notre téléphone, notre appareil personnel dans la poche, notre double numérique. Certains résisteront à cette … duplication de la vie … Nous serons tous des animaux intelligents « amplifiés » par de nombreux appareils électronique et machines … tout en restant des personnes physiques, réelles, mortelles, qui ont besoin de partager des expériences physiques, émotionnelles, avec d'autres personnes. Bref il y aura qui nous sommes en 2021, et qui vous êtes en 1980 : vous savez ce qui est réel, instantané, ce qui se passe autour de vous, parfois vous recevez des infos de l'extérieur, mais sinon vous vivez l'instant.

VALERY GISCARD D'ESTAING

Euhhh : nous réfléchissons aussi. Nous passons du temps à prévoir des choses, à organiser des plans … notamment ici tout de même.

MOI

(perplexe) Qu'est-ce que je suis venu vous dire ?

VALERY GISCARD D'ESTAING

Vous parliez d'un double virtuel.

MOI

Oui. La Vérité, le Temps, l'Espace, le Moi. Tout ça ne va plus du tout vouloir dire la même chose.

VALERY GISCARD D'ESTAING

Oui le Monde évolue, c'est normal.

MOI

Vous ne comprenez pas : bientôt, ça ne servira plus à rien de parler de l'Emploi, de l'URSS, de la stratégie nucléaire française, etc.

VALERY GISCARD D'ESTAING

(taquin) Bientôt : en 2021 quand même ...

MOI

... J'en suis sûr maintenant : je suis là parce qu'il est encore temps de changer les choses. D'empêcher ce désastre.

VALERY GISCARD D'ESTAING

Mais de quoi parlez-vous ? De cette pandémie encore ?

MOI

Mais non !!! La pandémie, ce n'est que le premier dégât collatéral. Le premier visible à l'échelle de tous, de la planète. Mais il va y en avoir d'autres. D'autres virus, peut-être bien pires. Il y en a déjà eu. Il va y en avoir de plus en plus. Ils viennent tous des animaux, parce qu'on va exploiter la nature, l'épuiser, la vider tant qu'elle rapporte de l'argent. Partout. Vous n'imaginez même pas à quel point. On va raser des montagnes entières pour en extraire quelques tonnes de minerai rare. On va raser les forêts à un rythme hallucinant pour les transformer en terres agricoles, pour nourrir du bétail, qui nous provoque des cancers et qui lâche des tonnes de méthane (70 fois pire que le CO_2 pour l'effet de serre).
Et même sans ça, de toutes façons il était déjà certain que d'ici 2020-2030, nous avions passé le point de non-retour sur le réchauffement climatique.

VALERY GISCARD D'ESTAING

De quoi me parlez-vous encore ?

MOI

Les gaz à effet de serre.

VALERY GISCARD D'ESTAING

Oui je vois ce que c'est, mais bon ...

MOI

Les milliards de tonnes de charbon, de pétrole, de gaz, qui ont été accumulés pendant des millions d'années. Ces milliards de tonnes de carbone – l'atome – qui vont être envoyés dans l'atmosphère, en 2 siècles : ça va complètement chambouler l'équilibre de l'atmosphère. Atmosphère qui avait mis des millions d'années à se stabiliser, permettant aux Hommes de vivre sur Terre, sur une Terre accueillante.

VALERY GISCARD D'ESTAING

…

MOI

Tout cela va être foutu en l'air.

VALERY GISCARD D'ESTAING

De quoi ? Par quoi ? Les hydrocarbures ? (…) Quoi : ces théories écologistes ?

MOI

Ce ne sont pas des théories ! C'est ce qui se passe en 2021. L'atmosphère de la Planète a déjà pris plus d'1 degré. Vous imaginez le chamboulement thermodynamique que c'est pour une mince pellicule d'air autour de la Terre. Ca va devenir un bordel pas possible. Tout autour de la Terre. Ca a déjà bien commencé en 2021 : des canicules, des incendies, des sècheresses, des déserts.

VALERY GISCARD D'ESTAING

Monsieur, ce que vous me racontez est assez effrayant. Vous ne croyez pas que vous exagérez un peu ?

MOI

Non. J'aimerais bien. Je vous assure. C'est vrai.

VALERY GISCARD D'ESTAING

Mais d'autres personnes pensent comme vous ?

MOI

(comprenant que VGE doute à nouveau de lui) 15000 scientifiques, de part le Monde, se sont coordonnés pour rédiger un signal d'alarme gigantesque, en 2017, pour l'Humanité. Ils n'ont pas été entendus. Ou si : on les a entendus, et on s'est dit : « ben oui, on sait bien, il faudrait faire plein de choses, mieux trier ses poubelles, arrêter d'acheter des produits fabriqués à l'autre bout du monde, ne plus prendre l'avion, manger de la viande une fois par semaine » … Mais bon ça changera pas, c'est comme ça … Ou si : il faut que chacun fasse des efforts collectifs, comme le colibri et l'incendie … C'est vrai. Mais là en fait, l'Humanité va mourir. Là. Nos enfants n'auront peut-être pas d'enfants.

VALERY GISCARD D'ESTAING

Oui donc je confirme : vous êtes un malade schizophrène ou je-ne-sais-quoi ou paranoïaque.

MOI

Mais nooon : je vous dis que c'est déjà ce qu'il se passe, dans mon époque, en 2021 !

VALERY GISCARD D'ESTAING

(perplexe) Mais si c'était vrai, tout le Monde s'inquièterait, s'alarmerait … agirait.

MOI

Mais bien sûr que non. Nous sommes tous scotchés sur nos téléphones, ou nos écrans … pour parler d'autres choses. Occupés à vivre, à échanger avec des gens, des objets, des photos, des mots ... Et ils ont raison ... Mais l'Humanité va s'éteindre, bientôt ... J'ai supposé 2052 tout à l'heure.

VALERY GISCARD D'ESTAING

Mais c'est extrêmement grave ce que vous me dites.

MOI

Pourquoi vous croyez que j'ai l'air paniqué depuis tout à l'heure ?

VALERY GISCARD D'ESTAING

Certes.

MOI

Et pourquoi vous croyez que c'est la seule explication que j'ai vue tout à l'heure pour expliquer mon arrivée ici ?

* * *

MOI

Vous connaissez le rapport Meadows ?

VALERY GISCARD D'ESTAING

(surpris) Oui j'en ai entendu parler. C'est une recherche initiée par le club de Rome il y a une dizaine d'année ? pour modéliser la société humaine sur la Terre, c'est ça ? Ca a été publié il y a quelques années il me semble.

MOI

Oui : en 1972.

VALERY GISCARD D'ESTAING

Pourquoi vous me parlez de ça ? C'était un travail très ennuyeux et théorique, avec des logiques de système ou je-ne-sais-quoi … Je ne sais plus trop les conclusions, mais c'était très exagéré si je me souviens bien ce qu'on m'en a dit.

MOI

Ce n'était pas exagéré. Ces chercheurs du MIT ont mis-à-jour leur travail en 2002, trente ans plus tard, et ils ont été désolés de constater que leurs prédictions étaient très correctes … et que quasiment rien n'a été fait pour les enrayer.

VALERY GISCARD D'ESTAING

Vous semblez bien connaitre le sujet. Pourquoi ? Cette étude est restée dans la postérité ? Elle est devenue célèbre ?

MOI

Oh non. Mais ceux qui s'intéressent à l'écologie et au devenir de la planète, et du monde animal, etc savent souvent que ce rapport a été précurseur d'une idée majeure.

VALERY GISCARD D'ESTAING

(perplexe) Laquelle ?

MOI

Que la croissance infinie sur une planète finie est impossible.

VALERY GISCARD D'ESTAING

(perplexe) C'est-à-dire ?

MOI

La recherche de toujours plus de profit, pour permettre la croissance des richesses, et des populations, en puisant dans la Nature et dans le travail humain tout ce qu'on peut … Moralement je m'en fous. Enfin non … Mais ce n'est plus du tout la question : cette croissance perpétuelle, vous comprenez bien qu'elle est impossible car il n'y aura pas à manger, du pétrole, etc pour tout le monde jusqu'à la fin des temps.

VALERY GISCARD D'ESTAING

Oh bah il y a le temps quand même !

MOI

Eh bien je viens de 2021, et je vous dis que non : pour nous, il n'y a plus le temps. En fait le rapport Meadows prévoyait l'effondrement radical de la société humaine pour environ 2030. En 2002, ils ont revu leurs prédictions qu'ils avaient faites en 1972, et ils se sont rendus compte qu'elles étaient exactes. Donc la civilisation humaine va vraiment s'effondrer sur Terre à partir de 2030. Il y aura des milliards de morts.

VALERY GISCARD D'ESTAING

(!!!) Monsieur MOI, vous êtes sûrs que vous allez bien ?

MOI

Très bien. C'est juste une réalité tellement incroyable et effrayante qu'on a du mal à l'imaginer vraie. Mais c'est une certitude … Si on avait dit aux dinosaures qu'ils allaient se prendre un astéroïde et tous mourir en quelques années, ils n'y auraient jamais cru ?

VALERY GISCARD D'ESTAING

(intrigué) C'est ce qui s'est passé ?

MOI

Oui. On en a depuis trouvé des preuves. A priori un astéroïde d'une dizaine de kilomètres qui s'est écrasé au Mexique il y a 65 millions d'années.

VALERY GISCARD D'ESTAING

Vraiment !?

MOI

Oui. Ils ont régné sur Terre pendant 70 millions d'années, et ils sont tous morts en quelques années … parce que les conditions sur Terre ne leur permettaient plus de vivre.

VALERY GISCARD D'ESTAING

Je crois que je vois ce que vous voulez dire *(…)* Et alors ?

MOI

Il est en train de se passer la même chose pour les humains. Pas seulement pour les humains d'ailleurs.

VALERY GISCARD D'ESTAING

Un astéroïde va arriver ?

MOI

Mais nooon ... On parle en 2021 de l'anthropocène : la Terre évolue désormais sous le coup des actions de l'Homme. Le climat a déjà commencé à changer, et ça va s'accélérer énormément avec la fonte du permafrost sibérien. Et on parle désormais de la Sixième Extinction massive des espèces. La dernière c'était la disparition des dinosaures.

VALERY GISCARD D'ESTAING

Juste à cause de ces gaz à effet de serre du pétrole ?

MOI

Mais non. Le soucis est bien plus vaste que ça. On a longtemps cru que les hommes finiraient par se détruire par une guerre nucléaire, ou des pollutions excessives. Mais en réalité c'est beaucoup plus simple que ça : la Nature, les atomes, la Vie évoluent depuis la nuit des temps suivant des règles physiques et biologiques immuables. Il n'y a aucune intention de qui que ce soit : des étoiles et des planètes naissent, et quand les conditions sont propices, de la Vie apparait, puis meurt quand les conditions ne sont plus propices.

VALERY GISCARD D'ESTAING

Oui, vous n'allez pas me faire l'histoire des étoiles et des bactéries, je connais tout ça.

MOI

Ecosystème. C'est quoi pour vous ?

VALERY GISCARD D'ESTAING

C'est un environnement où plusieurs espèces vivent ensemble et interagissent et *(...)* Poursuivez.

MOI

Toutes les formes de Vie (plantes, microbes, animaux) interagissent tout le temps entre elles. Par exemple, nos intestins abritent des millions de bactéries, qui nous permettent de digérer. Si une espèce disparaît, ou apparaît, les autres s'adaptent. Mais parfois ça les dépasse et on ne peut pas s'adapter. C'est ce que nous sommes en train de vivre en 2020-2021 avec cette pandémie : beaucoup de corps humains n'arrivent pas à s'adapter à ce nouveau virus, et tombent malades, parfois gravement, parfois meurent.

VALERY GISCARD D'ESTAING

Mais nous n'y pouvons rien.

MOI

Bien sûr que si ! *(...)* Enfin non : nous ne pouvons rien, au fait que certains malades ne s'adaptent pas bien à cette maladie.
Par contre ce virus vient des animaux sauvages (à priori la chauve-souris), et est passé à l'homme comme les autres avant lui, car nous contraignons de plus en plus ces espèces sauvages à vivre proches des hommes, en détruisant leur habitant, en les chassant, en les mangeant.

Peut-être même en jouant avec leur ADN, mais ça, comme ce n'est pas du tout certain, on ne le dit et l'écrit pas sans préciser que c'est peut-être faux.

VALERY GISCARD D'ESTAING

Sage réflexe.

MOI

Oui. Ce virus est loin d'être le premier virus animal qui finit par muter et attaquer les hommes. En réalité, il y en a de plus en plus. Mais ce virus est le premier à être si contagieux et donc non-maitrisé *(…)* ce qui donne une épidémie mondiale.

VALERY GISCARD D'ESTAING

Une « pandémie »

MOI

Oui.

VALERY GISCARD D'ESTAING

Mais l'Homme est à part dans tout ça.

MOI

Que voulez-vous dire ?

VALERY GISCARD D'ESTAING

L'homme a une âme, un cerveau hyper-développé, une maitrise technique, la parole, le feu !

MOI

...

VALERY GISCARD D'ESTAING

C'est ce que nous avons tous appris à l'école ... et à l'église ...

MOI

C'était une erreur : maintenant, les jeunes ont tous compris que l'homme est un animal comme les autres. Juste plus intelligent.

VALERY GISCARD D'ESTAING

...

MOI

Donc l'homme peut être détruit par des maladies ou la faim ou la stérilité ... comme tous les animaux ... C'est ce qui commence à se passer avec cette pandémie. Cela avait toujours existé des hommes qui meurent de faim ou de maladies ou qui n'arrivent pas à se reproduire. Mais là, ça a commencé à s'emballer, et ça ne peut que s'amplifier, pour les raisons très bien expliquées dans le rapport Meadows, et dans les analyses des grands biologistes sur la Sixième Extinction de masse des Espèces.

VALERY GISCARD D'ESTAING

Mais c'est complètement apocalyptique ce que vous me racontez là !

MOI

Je ne sais pas. Si l'humanité doit finir par disparaitre pour laisser les autres espèces animales et végétales vivre et se développer à nouveau librement, est-ce apocalyptique ?

VALERY GISCARD D'ESTAING

Vous rigolez ? Je veux que mes enfants et petit-enfants vivent heureux !

MOI

Moi aussi … C'est sans doute pour ça que vous explique tout ça depuis tout à l'heure.

VALERY GISCARD D'ESTAING

Pourquoi à moi ?

MOI

Déjà parce qu'un écrivain en herbe a choisi de vous mettre dans cette pièce. Ensuite parce que vous êtes un homme puissant à une époque où on peut encore largement inverser la tendance, sans trop de dommages et difficultés.

* * *

VALERY GISCARD D'ESTAING

Que faudrait-il faire alors, aujourd'hui en 1980 ?

MOI

Quelle joie de vous parler ! à un moment où il est encore largement temps ! (…) Pour commencer : peu de viande et poisson de mer, peu d'avion, covoiturage, et achat les plus locaux possibles.

VALERY GISCARD D'ESTAING

Covoiturage ?

MOI

Si on fait un trajet en voiture, on tâche d'emmener quelqu'un qui vous donnera quelques pièces.

VALERY GISCARD D'ESTAING

Peuh. C'est déjà ce qu'il se passe. Tout le monde n'a pas une voiture personnelle !

MOI

Oui bien sûr.

VALERY GISCARD D'ESTAING

Aussi : pourquoi insistez-vous sur l'avion ?

MOI

Car les frottements augmentent avec le carré de la vitesse. Donc un avion volant à 800 km/h va 4 fois plus vite qu'un avion volant à 200 km/h, mais consommes 4 x 4 = 16 fois plus !

Bref, l'avion est la seule solution pour certains longs voyages, mais il est un des pires exemples de gaspillages consuméristes dont la nature et l'humanité souffrent déjà.

VALERY GISCARD D'ESTAING

Compris. En tous cas ces mesures que vous me recommandez sont des changement de société certes, mais me paraissent facilement réalisables *(…)* surtout que vous me faites bien comprendre *(souriant)* qu'il n'y a tout simplement pas le choix !

MOI

Facilement réalisables … en 1980 sans doute. C'est le maintenir en 1990, en 2000, en 2010, en 2020 qui va compter. Les gens devront l'intégrer profondément dans leur mode de vie, pour les générations à venir.

De même, il y a le grand principe « L'énergie la plus propre et la moins chère est celle qu'on ne consomme pas. » Cela s'applique aussi à la matière. Chacun doit développer le réflexe de s'interroger perpétuellement sur ses impacts : ai-je besoin de cuisiner en excès ? ai-je besoin de faire 10 km en voiture pour faire un achat mineur ? ai-je besoin de télécharger cette vidéo ? ai-je besoin de garder 3 lumières allumées pendant le diner ? ai-je besoin de 21 degrés plutôt que 20 dans mon salon ? etc etc

VALERY GISCARD D'ESTAING

Ok : on va tous le communiquer massivement. Il va y avoir des mécontents … Mais ça reste anecdotique, non ?

MOI

Oui et non. Ca aura un effet, car par ailleurs le nombre d'avions et voitures va exploser, ainsi que les gaz à effet de serre émis par les vaches. Sauf si profondément vous insufflez une pensée sobre dans les comportements des gens.

VALERY GISCARD D'ESTAING

Bon d'accord, mais on ne va pas revenir à la lampe à huile non plus.

MOI

Non : personne n'a parlé de ça ...

* * *

VALERY GISCARD D'ESTAING

Vous connaissez le jeu des 5 pourquoi ?

MOI

Pourquoi ?

VALERY GISCARD D'ESTAING

Bon je suppose que c'était de l'humour.

MOI

Oui je connais cette méthode je crois : on part d'un problème, et on en cherche la cause 5 fois de suite, c'est ça ?

VALERY GISCARD D'ESTAING

Exactement. Alors quelle est la situation la plus préoccupante que vous voyiez en 2021 ?

MOI

L'Humanité devrait commencer à s'éteindre vers 2030.

VALERY GISCARD D'ESTAING

Vous commencez bien *(...)* Pourquoi ?

MOI

Parce que la biodiversité s'effondre et que l'homme est une des espèces de la biodiversité. Le covid nous l'a rappellé, mais d'autres arriveront. Ce n'est pas gai, mais c'est vrai.

VALERY GISCARD D'ESTAING

Pourquoi ?

MOI

Parce que les humains ont besoin et donc cherchent leurs besoins, mais sans limite : s'il le faut en déforestant et faisant fuir les animaux, en les mangeant ensuite.

VALERY GISCARD D'ESTAING

Pourquoi ?

MOI

Parce qu'on veut manger, plus accumuler des richesses.

VALERY GISCARD D'ESTAING

Pourquoi ?

MOI

Parce qu'on veut se sentir mieux que les autres ?

VALERY GISCARD D'ESTAING

Pourquoi ?

MOI

Parce que nous sommes des animaux sociaux.

VALERY GISCARD D'ESTAING

Mouih. Ca ne nous clarifie pas vraiment quoi faire.

MOI

Déjà il y a les 4 habitudes quotidiennes listées plus haut. Et ensuite …

VALERY GISCARD D'ESTAING

(lentement, pensif)   On pourrait instaurer un marché …

MOI

… de la valeur environnementale ?

VALERY GISCARD D'ESTAING

Ouiih

MOI

Les actions des entreprises, des états, des politiques auraient un crédit environnemental, qui n'aurait de valeur que *(souriant d'un air interrogateur)* morale.
Mais en réalité plus que morale : humaine, terrienne, ou plutôt *OneHealth* (santé des écosystèmes, dont nous). Car nous avons maintenant compris qu'il faut enrayer la mort de l'humanité qui approche en courant. Le réchauffement climatique nous la prédisait à l'échelle de siècles ou décennies. Une mutation hyper-contagieuse d'Ebola (mortel pour 80% des contaminés !) ou un nouveau virus pourraient nous décimer en quelques années.

VALERY GISCARD D'ESTAING

Oui j'ai compris : arrêtez.

MOI

Donc ce crédit environnemental deviendrait vite un gage de confiance, ou plutôt de conscience, qu'exigera tout le monde *(…)* et que convoitera tout le monde.

VALERY GISCARD D'ESTAING

Corruption !

MOI

Oui bien sûr il y aura toujours des brebis galeuse, mais ce pari sur la conscience de survie animale de chacun et donc de tous, changera le Monde. Détournera l'attention du consumérisme, et transformera en profondeur les activités industrielles humaines.

VALERY GISCARD D'ESTAING

Détourner l'attention du consumérisme, ça provoque tout de même la récession.

MOI

Et le chômage et la pauvreté.

Pourtant (...) il y en a de la richesse (...) des trésors cachés d'accumulation de richesses depuis des millénaires ou des décennies ou des années.

VALERY GISCARD D'ESTAING

C'est un peu caricaturalement rouge ce que vous dites.

MOI

La gauche se serait bien passé du monopole factuel de l'éco-responsabilité et de la solidarité.

VALERY GISCARD D'ESTAING

…

MOI

Bien sûr la droite aisée aussi paye des impôts pour simplifier (…) mais elle le fait de mauvais cœur. Alors que la gauche aisée est heureuse de payer des impôts. Si si je vous assure : elle est contente d'aider les moins aisés et de protéger la nature qui nous apporte tant de travail gratuit (pollinisation, dépollution, détente, beauté).

VALERY GISCARD D'ESTAING

C'est une présentation intéressante du consentement à l'impôt.

MOI

En 2021, 80% de l'humanité détient 5% des richesses, donc 20% de l'humanité détient 95% des richesses.

VALERY GISCARD D'ESTAING

Ah oui. Ce ratio est bien monté en 40 ans : c'est devenu encore plus indécent.

MOI

Mais ce ne peut pas être eux – les riches – qui mettent l'impulsion. Les consommateurs, nous avons un pouvoir de masse gigantesque, si nous sommes d'accords sur certaines limites simples et scientifiquement établies que nous ne voulons pas dépasser.

Par exemple, si nous divisons notre consommation mondiale de bœuf par 2 dès cette année, les investisseurs se détourneront de ces marchés producteurs de viande … Et alors nous les consommateurs, en quelques années auront réduit la déforestation pour nourrir le bétail, et nous aurons limité les pets de vaches qui participent aujourd'hui plus au réchauffement que les voitures !

ACTE 3

Scène 1

Le mieux est l'ennemi du bien

(Inconnu)

Allongé sur son lit, il est abasourdi, reste prudent, un peu terrifié, mais en confiance. Ces voyages ont eu lieu maintenant, à mesure que le lecteur progressait dans ces pages.

Pourquoi ces … sortes de voyages … de rencontres ? Pour faire le point, pour regarder cette vérité qu'on ne peut plus se cacher, pour prendre du recul ? Pour trouver du sens à ce choc que nous vivons tous depuis plus d'un an ? Qu'est-ce que c'est que ce changement de mode de vie ? Toutes ces choses qui paraissaient avant impossibles et qui sont devenues réalité ?

Comme toute vérité qui dérange, on la trouve au départ ridicule, puis dangereuse. Puis après maturation, évidente.

Nous avons vécu des milliers d'années immergés dans la nature, et nos corps quittent toujours plus notre animalité.

Il est impossible que l'Humanité continue à grossir et à consommer de plus en plus de biens matériels. C'est démontré depuis 50 ans, et sur-vérifié depuis 20 ans : la Terre n'est pas infinie, et de nombreuses limites ont déjà été atteintes. Et il arrivera des choses terribles d'ici 10-20 ans, si nous ne faisons rien aujourd'hui.

Il est certain que tout est lié :
- santé des forêts
- santé des insectes
- santé des mammifères
- santé des écosystèmes
- santé des virus
- santé des humains
- santé des sociétés

A nouveau, c'est une extension du concept *OneHealth*, que l'on pourrait traduire par « Santé Unique ».

Et l'élément racine est la forêt. Si on continue de la couper, en France dans chaque village, dans chaque région, dans chaque pays et dans chaque continent ... tout s'effondrera.

Le Covid ne fut que le premier accident biologique à avoir atteint une telle visibilité. Il y en eut d'autres (moins visibles), comme Chikungunia, Zika, MERS-Cov, fièvre porcine, grippe aviaire H1N1, SARS-Cov1. Il y en a de plus en plus, car les animaux et leurs virus fuient leur environnement naturel détruit par les Hommes.

15000 scientifiques de 184 pays se sont regroupés ! pour émettre une alerte en ce sens en Novembre 2017.

Parmi les nombreuses mesures qui peuvent être décidées, activons TOUS dès cette année ces trois-ci, qui sont archi-validées depuis plusieurs décennies :

- Réduction drastique de la consommation de bœuf et de poisson de mer :

  disons maxi une fois par semaine par personne.

- Réduction drastique des porte-containers en limitant les achats fabriqués à plus de 2000 kilomètres :

  disons maxi une fois par mois par personne.

- Réduction drastique de l'utilisation de l'avion pour raisons personnelles :

  disons maxi une fois par an par personne.

- Et enfin, le plus important :

Mise en place d'un **OneHealthScore**, à tous les produits, à toutes les entreprises, à tous les pays. Ce sera l'équivalent du *NutriScore* visible en France, et qui a fortement détourné les consommateurs des produits les plus mauvais pour leur santé.

Ainsi il n'y aura plus uniquement le **PRIX** et le **PIB** en Euro/Dollar/etc *(…)* Il y aura aussi la valeur sanitaire mondiale, le **OneHealthScore (OHS?)**, qui rendra aux consommateurs le pouvoir de se détourner et donc d'assécher les produits et les politiques qui tueraient nos petit-enfants.

Yes together we can.

Scène 2

Celui qui néglige de punir le mal aide à sa réalisation

(Leonard de Vinci)

« Ca y est ça recommence. Je suis où là ? C'est quoi ce hall en velours bordeaux sombre. C'est un peu kitsch. »
La pièce n'est pas très grande. Une porte capitonnée derrière, une seconde devant, entrouverte. J'avance et pousse prudemment la porte en restant derrière. La pièce est vaste, haute de plafond. Toujours ce velours, aux murs et plafonds.
Quand ma tête dépasse, une vingtaine de visages se tournent vers moi, se regardent les uns les autres, perplexes, puis reprennent leurs discussions. Le mur du fond est constitué de huit écrans. L'affichage est clair et lumineux, mais l'image noire.

Un visage attire mon attention, puis deux, puis trois. Je les connais. En fait non : je reconnais leurs traits, mais je ne les ai jamais vus. Qui sont-ils ? L'un d'eux attire particulièrement mon regard car il est habillé en orange. Il n'est pas jeune, a le crâne rasé, des grosses lunettes … Le Dalaï lama !
Je comprends maintenant l'impression étrange que j'avais sur ces visages. Je les connais à plat, sur du papier ou des écrans, et sans leurs tailles et volumes réels. Bref : ils sont virtuels pour moi, ils sont tous connus mais ne me connaissent pas.

Maintenant je les identifie tous. Il y a là Michèle Obama, Jackie Chan, Beyoncé, Antonio Guterres, Yacinda Ardern, Jeff Bezos, Aung San Suu Kyi, Leonardo Di Caprio, Shakira, Mark Zuckerberg, Kim Kardashian, Christiano Ronaldo, la reine Elisabeth II, Bill Gates, Greta Thunberg, et donc le Dalaï Lama.

Ils ont tous l'air inquiets – sauf le Dalaï Lama qui sourit – et interrogatifs et dans l'expectative. Manifestement eux non plus ne savent pas comment ils sont arrivés là, et pour quoi. Un léger brouhaha monte, et une idée émerge de leurs réflexions : « Nous sommes tous des personnalités exerçant une forte influence dans le Monde ».

Progressivement, l'image sur les écrans se forme. Elle est sombre. On y voit un feu qui brille dans le froid et l'humidité. On est dans un sous-terrain. Au loin des hommes s'affairent. Ici quatre enfants sont assis par terre, les jambes recroquevillées, sous une couverture crasseuse. Leurs visages juvéniles sont marqués et sales. Images que nous connaissons très bien en 2021 malheureusement, mais là une autre impression, indéfinissable se dégage. Ca a l'air fake : on croit voir un mauvais remake des scènes futuristes de Terminator.

Les enfants ont le regard éteint. Ils regardent au loin, sans rien attendre. Une jeune fille, qui semble l'ainée, prend la parole :

> « Je ne sais pas exactement comment c'était avant, mais c'était sans doute mieux. D'un autre côté ils devaient être terrifiés par des millions de morts, alors aujourd'hui ils seraient tous en P.L.S. »

Un garçon, un peu plus jeune, acquiesce :

> « C'est sûr. D'ailleurs ils ont reçu une nouvelle estimation : on serait encore un peu moins d'1 milliard. L'anthropocène se termine déjà :D »

Une petite fille complète :

> « C'est vraiment que des cons quand même. La première alerte avec le Covid ne leur a pas suffi. Ils ont aussi pas compris la seconde alerte tellement plus grave avec le mutant d'Ebola quelques années après. »

L'ainée – Reiko – répond :

> « Il y avait tant à changer dans le fonctionnement de la société humaine sur Terre ... »

Le petit garçon, silencieux depuis le début, objecte :

« « Humaine » ? … C'était pas des humains. Nous on est des humains, des animaux en lutte tous les jours pour manger et ne pas mourir. Eux, c'était … des personnages. »

Le premier garçon – Sankokaï – demande :

« Reiko, tu nous racontes encore l'histoire de l'Ozone ? »

Reiko désabusée répète :

« Si vous voulez … En 1974, des scientifiques découvrent que la couche d'ozone - qui empêche les rayons UVB du Soleil de tuer les êtres vivants sur Terre – se réduit. 13 ans après, après moult études et communications scientifiques et politiques, les états ont fini par décider ensemble d'agir pour arrêter cette catastrophe annoncée. Il suffisait principalement de réduire la production des molécules CFC présentes dans des aérosols, des mousses, etc, et de les remplacer par d'autres produits qui ne détruisent pas l'ozone atmosphérique. C'est le Protocole de Montréal en 1987. Encore 13 ans après, les industriels mondiaux auront décidé d'eux-mêmes d'arrêter totalement la fabrication de ces produits destructeurs. Car ils ont compris la gravité et l'urgence des nouvelles alertes des scientifiques : la Vie des Hommes sur Terre partait pour s'arrêter au XXIeme siècle ! »

Sankokaï s'interroge encore :

« Et pourquoi le réchauffement climatique et la destruction de la biodiversité ne leur a pas fait le même effet ? »

Reiko propose :

« Parce que les catastrophes annoncées étaient moins radicales et moins rapides et moins simples à comprendre. »

Sankokaï doute :

« Tu es sûre que c'est pour ça ? »

Reiko admet :

« … Non. Le trou dans la couche d'ozone allait impacter tout le monde, riches comme pauvres. Le réchauffement climatique fait entre autres des migrations de millions de personnes, et la destruction de la biodiversité fait entre autres des pandémies (…) Tout cela impacte en premier les populations les plus pauvres ; les riches ont les moyens de mieux s'en sortir. »

Le petit garçon maussade colère :

« … Quand je pense qu'il aurait suffi que chacun des riches se rende compte que manger à leur faim est essentiel et suffisant. Et que tout le reste sert surtout à nourrir leur ego. La sauvegarde de l'humanité était entre leurs mains …

Si seulement des gros influenceurs de l'époque avaient ensemble fait réagir des milliards de consommateurs, les politiques et les lobbies n'auraient plus eu le choix que de s'incliner. »

L'écran passe au noir complet. En lettres rouge apparaissent les 4 chiffres : 2 0 5 2

Et pour finir sur un sourire :

Ici une petite fille chantonne sans paroles, et là une libellule et un papillon volent côte à côte au-dessus d'un champ, en respirant un bon coup.